# -Le Monde de-
# NARNI

## ~Chapitre 1~
## Le Lion, la Sorcière Blanche et L'Armoire Magique

# Edmund et la Sorcière Blanche

Adapté par Scout Driggs

Illustrations de Justin Sweet

D'après le scénario d'Ann Peacock et Andrew Adamson
et Christopher Markus & Stephen McFeely

D'après le livre de C. S. Lewis

Dirigé par Andrew Adamson

**Gallimard Jeunesse**

Traduit de l'anglais par Carine Perreur

Titre original : The Lion, the Witch and the Wardrobe: Edmund and the White Witch
Copyright © 2005 by C.S. Lewis Pte. Ltd.
© Gallimard Jeunesse, 2005, pour la traduction française
Published by Gallimard Jeunesse under licence from the C.S. Lewis Company Ltd
The Chronicles of Narnia®, Narnia® and all book titles, characters and locales original
to The Chronicles of Narnia, are trademarks of CS Lewis Pte Ltd. Use without permission is strictly prohibited.
Art/illustration © 2005 Disney Enterprises, Inc. and Walden Media, LLC.
Numéro d'édition : 137713 - Loi n°49-956 du 16 juillet 1949 sur les publications destinées à la jeunesse ;
Dépôt légal : novembre 2005 - imprimé en Italie
www.narnia.com

Edmund Pevensie n'était pas très heureux. Son frère et sa sœur aînés, Peter et Susan, ne cessaient de lui donner des ordres. Et sa petite sœur Lucy accaparait toute l'attention. Le jour où elle leur annonça qu'un pays était caché dans l'armoire, derrière les manteaux, Edmund ne la crut pas. Mais il décida de la suivre, juste pour voir.

Edmund avait à peine dépassé le dernier
des encombrants manteaux pendus dans l'armoire
qu'il sentit un vent glacial. Il regarda autour de lui
mais, partout, ne vit que de la neige et des arbres.
Et, avant qu'il puisse appeler Lucy, un traîneau
tiré par deux rennes apparut.

Dans le traîneau se tenait une
femme magnifique et terrible
à la fois. Elle était emmitouflée
dans une fourrure blanche et tenait
une baguette en or à la main.
Une couronne à plusieurs pointes était
posée sur sa tête. C'était la Sorcière Blanche,
la reine de Narnia.

— Comment, je vous prie, êtes-vous parvenu à entrer à Narnia ? voulut savoir la Sorcière Blanche.

— Je n'en sais trop rien, répondit le garçon effrayé. J'étais juste en train de suivre ma sœur et…

Mais la Sorcière Blanche n'écoutait pas Edmund. Elle réfléchissait à la manière de se débarrasser de lui, de sa sœur et de tout autre humain s'introduisant à Narnia. Elle savait que les humains étaient les seules créatures qui pourraient mettre fin à son règne maléfique.

— Un garçon comme toi pourrait très bien devenir Prince de Narnia, un jour, dit la Sorcière avec un mauvais sourire.

— Vraiment? s'étonna Edmund, qui se sentait plutôt fier de lui.

La Sorcière Blanche souleva alors une fiole en cuivre et laissa tomber une goutte de liquide dans la neige.

Une boîte scintillante apparut, remplie de gourmandises enchantées: des loukoums.

C'étaient les friandises préférées d'Edmund. La Sorcière le savait bien, cela faisait partie de son terrible plan.

— Viens me voir dans mon château dès que tu le pourras, dit la sorcière. Mais il faudra, bien sûr, que tu amènes tes frère et sœurs avec toi : tu auras besoin de serviteurs.

Et, avec un sourire diabolique, la reine s'éloigna en glissant majestueusement dans son traîneau.

Edmund gloussa. L'idée de devenir quelqu'un d'important lui plaisait beaucoup. Il n'aurait plus jamais d'ordres à recevoir de sa famille — il serait le prince de Narnia!

Quelques jours plus tard, Edmund était de retour dans l'armoire mais, cette fois, il n'était pas seul. Son frère Peter et ses sœurs Susan et Lucy l'accompagnaient.

Pendant que Susan et Peter regardaient autour d'eux en s'émerveillant à la vue des bois enneigés, une voix retentit à travers les arbres:

– Pssst, pssst, pssst!

Les enfants baissèrent les yeux et virent un sympathique castor qui leur faisait des signes. A vive allure, il conduisit le petit groupe à travers la forêt jusqu'à son barrage. Là, ils seraient en sécurité.

M. Castor accueillit les enfants dans sa maison
douillette. Pendant que sa femme leur servait
un bon repas, il leur expliqua que Narnia était
un endroit dangereux, dirigé par une reine
maléfique.

— Elle a lancé un sort sur Narnia pour que ce soit
toujours l'hiver, leur apprit M. Castor. Et elle change
en pierre toutes les créatures qui se mettent en travers de son chemin.

Mais Edmund ne prit pas la peine d'écouter ce que M. Castor disait. Depuis qu'il était revenu à Narnia, il n'avait qu'une idée en tête : retourner voir la reine. Il avait hâte de devenir un prince et de pouvoir commander son frère et ses sœurs.

Pendant que Peter, Susan et Lucy écoutaient les interminables histoires de M. Castor, Edmund se glissa discrètement dans la nuit.

La route était longue jusqu'au château de la reine, et les pieds d'Edmund s'enfonçaient dans la neige profonde. Mais il continuait son chemin, en rêvant à toutes les choses extraordinaires qui l'attendaient là-bas.

Lorsqu'Edmund entra dans la cour du château, il fut accueilli par un horrible spectacle. Partout se dressaient des créatures en pierre, le visage figé dans une expression d'effroi. Edmund avait peur. Mais il essaya de se montrer courageux. Bientôt, il serait Prince de ce pays tout entier, et les princes, c'est bien connu, sont courageux.

— Suis-moi, dit une voix sortie de la pénombre.

C'était Maugrim, un gigantesque loup que la Reine Blanche employait comme Capitaine de sa Police secrète.

Maugrim conduisit Edmund jusqu'à un grand vestibule entièrement fait de glace.

Pauvre Edmund! Lorsque le loup l'amena enfin auprès de la reine, elle hurla:

— Comment oses-tu venir seul?

Et elle le jeta au cachot. Elle n'avait jamais eu l'intention de faire de lui un prince. Elle voulait simplement le capturer, avec son frère et ses sœurs.

Pendant ce temps, Peter, Susan et Lucy
essayaient de trouver de l'aide pour libérer
leur frère. Ils rencontrèrent alors Aslan,
le vrai roi de Narnia, un magnifique lion
au grand cœur, plus puissant que
la Sorcière Blanche.

Aslan envoya ses braves
centaures au secours d'Edmund.
Ceux-ci profitèrent d'une absence
de la Sorcière Blanche pour le détacher
et le remplacer par le nain Ginarrbrik.
Puis les centaures emportèrent Edmund
en toute hâte à travers la forêt jusqu'au camp d'Aslan.

Mais la sorcière les suivait de près. Lorsqu'elle arriva à son tour au camp, Aslan accepta qu'elle le garde en otage à la place du jeune garçon. C'était un grand sacrifice, mais Aslan n'en dit rien à Edmund ni à ses frère et sœurs. Ils savaient simplement qu'Edmund était libre, et ils étaient heureux d'être à nouveau tous ensemble.

L'aventure ne s'arrête pourtant pas là. Vois-tu, les enfants s'engagèrent dans la grande armée d'Aslan. Et Edmund aida le grand Lion à mener les troupes au combat et à vaincre la Sorcière Blanche. Les quatre enfants devinrent rois et reines de Narnia et régnèrent pendant de longues et heureuses années.